Facsímil

Alejandro Zambra

多项选择

〔智利〕亚历杭德罗·桑布拉 著

童亚星 译

人民文学出版社

PEOPLE'S LITERATURE PUBLISHING HOUSE

著作权合同登记号　图字 01-2018-6393

图书在版编目(CIP)数据

多项选择 /(智)亚历杭德罗·桑布拉著;童亚星译. —北京:人民文学出版社,2019
(亚历杭德罗·桑布拉作品集)
ISBN 978-7-02-014858-5

Ⅰ. ①多…　Ⅱ. ①亚…　②童…　Ⅲ. ①短篇小说-小说集-智利-现代　Ⅳ. ①I784.45

中国版本图书馆 CIP 数据核字(2019)第 014721 号

责任编辑　**甘　慧　李　晖**
装帧设计　**汪佳诗**

出版发行　**人民文学出版社**
社　　址　**北京市朝内大街 166 号**
邮政编码　**100705**
网　　址　**http://www.rw-cn.com**

印　　刷　**宁波市大港印务有限公司**
经　　销　**全国新华书店等**

开　　本　**889 毫米×1194 毫米　1/32**
印　　张　**3.5**
字　　数　**67 千字**
版　　次　**2019 年 5 月北京第 1 版**
印　　次　**2019 年 5 月第 1 次印刷**

书　　号　**978-7-02-014858-5**
定　　价　**29.00 元**

如有印装质量问题,请与本社图书销售中心调换。电话:010－65233595

献给我的老师胡安·路易斯·莫拉雷斯·罗哈斯、伊丽莎白·阿索佳、里卡多·费拉达和索蕾达·比安奇。

本练习册以一九九三年版语言水平测试框架为基础。[1]

① 智利语言水平测试，即一九六七年至二〇〇三年的智利大学入学测试卷。现在，应试者参加的考试名称已经改换（大学选拔考试），但试卷基础框架未变。这本书选择一九九三年的版本创作，是为还原作者当年的应试经验。当时，试卷由五个部分的九十九道单选题组成。

目录

I. 排除词汇

在练习 1 至练习 24 中，请标出既与题干词语意义无关、也与其他词语意义无关的最佳选项。

1. 临摹

A. 复制

B. 模仿

C. 模拟

D. 演练

E. 圈套

2. 算账

A. 复仇

B. 报复

C. 袭击

D. 计算

E. 酸胀

3. 教育

A. 说教

B. 演示

C. 训练

D. 驯化

E. 编程

4. 复制

A. 剪切

B. 粘贴

C. 剪切

D. 粘贴

E. 撤消

5. 画

A. 涂

B. 改

C. 写

D. 刻

E. 图

6. 花

A. 梨花

B. 桃花

C. 杏花

D. 交际花

E. 桂花

7. 汇集

A. 恐惧

B. 尸体

C. 愿望

D. 水流

E. 硬币

8. 救生衣

A. 防波堤

B. 弄潮儿

C. 穿山甲

D. 啄木鸟

E. 护手霜

9. 面具

A. 面罩

B. 面纱

C. 伪装

D. 假面

E. 遮面

10. 断电

A. 阴影

B. 昏暗

C. 黑暗

D. 夜晚

E. 熬夜

11. 抚平

A. 拉平

B. 击碎

C. 澄清

D. 扰乱

E. 压扁

12. 抵御

A. 持久

B. 坚固

C. 豪气

D. 耐力

E. 寸步不让

13. 保护

A. 掩护

B. 照顾

C. 爱慕

D. 守护

E. 监督

14. 我承诺

A. 闭嘴

B. 绝对

C. 我承诺

D. 闭嘴

E. 绝对

15. 保存

A. 打开

B. 关闭

C. 粘贴

D. 复制

E. 耐用

16. 秘密

A. 过滤

B. 隐藏

C. 知晓

D. 透露

E. 否认

17. 言语

A. 不详

B. 流畅

C. 有意思

D. 不祥

E. 不详

18. 家庭

A. 家里人

B. 继承人

C. 接班人

D. 姜饼人

E. 恋童癖

19. 过错

A. 罪孽

B. 疏忽

C. 失足

D. 罪过

E. 是你的

20. 崭新

A. 头脑

B. 辛勤

C. 额头

D. 打拼

E. 发烧

21. 咳嗽

A. 吸烟

B. 咳嗽

C. 吸烟

D. 咳嗽

E. 吸烟

22. 静默

A. 缄默

B. 失音

C. 悄声

D. 省略

E. 懦弱

23. 静默

A. 忠诚

B. 帮凶

C. 勇气

D. 忠厚

E. 信任

24. 静默

A. 静默

B. 静默

C. 静默

D. 静默

E. 静默

II. 排列顺序

在练习 25 至练习 36 中，请从构思写作提纲的角度标出顺序最恰当的选项。

25. 一九八几年

1. 那时，你爸总跟你妈吵。
2. 你妈总跟你兄弟吵。
3. 你兄弟总跟你爸吵。
4. 几乎一直寒气逼人。
5. 而今你就只记得这些。

A) 2-3-1-4-5

B） 3-1-2-4-5

C） 4-1-2-3-5

D） 4-5-1-2-3

E） 5-1-2-3-4

26. 第二次

1. 你努力回忆自己第一次领圣餐的情形。
2. 你努力回忆自己第一次自慰的情形。
3. 你努力回忆自己第一次与人发生性关系的情形。
4. 你努力回忆自己人生中第一次经历死亡的情形。
5. 以及第二次。

A） 1-5-2-3-4

B） 1-2-5-3-4

C） 1-2-3-5-4

D） 4-5-1-2-3

E） 4-3-2-1-5

27. 一个孩子

1. 你梦见自己失去了一个孩子。
2. 你醒来。
3. 大哭。
4. 你真的失去了一个孩子。
5. 大哭。

A） 1-2-4-3-5

B） 1-2-3-5-4

C） 2-3-4-5-1

D） 3-4-5-1-2

E） 4-5-3-1-2

28. 你的房子

1. 房子是银行的，不过你巴不得是你自个儿的。
2. 如果一切顺利，二〇三三年你能还完贷款。
3. 你从十一年前就开始住在这儿。起初是一家子人，然后就是重重鬼影，后来连鬼都没有一个。
4. 你不喜欢这个小区，附近没有广场，空气也不好。
5. 可你还是爱着这房子，永远不会离开它。

A） 2-3-4-5-1

B） 3-4-5-1-2

C） 4-5-1-2-3

D） 3-1-2-4-5

E） 1-2-4-3-5

29. 生日

1. 你醒了个大早，出门走走，找地方喝杯咖啡。
2. 今天是你的生日，可你忘了。
3. 你觉得自己好像忘了点儿什么，不过也就是有点儿不安、有点儿奇怪的感觉而已。
4. 你像每一个周六那样按部就班地过着。
5. 你抽烟，打开电视，看着午夜新闻睡着了。

A） 5-1-2-3-4

B） 4-5-1-2-3

C） 3-4-5-1-2

D） 2-3-4-5-1

E） 1-2-3-4-5

30. 二百二十三

1. 你记得她的双乳、她的大腿、她的小腹和她臀部的雀斑数目。准确地说，有二百二十三个。在一千二百零七天前，是二百二十三个。
2. 你又读起了她发给你的那些信息：言辞优美，趣味十足；既有长篇大论，又不乏生动繁杂的短句；还有炽热的词汇。她可比你会写。
3. 你还记得有一回，你开了五个小时车，就为了看上她十分钟。其实不止十分钟，明明是一整个下午呢，可你就爱把它想成只有十分钟。
4. 你还记得那阵阵海浪和块块礁石，记得她的凉鞋和脚上的一处伤口，记得你自己的目光从她的大腿飞快地扫视到她的睫毛上。
5. 你从没习惯过与她相处，也从没习惯过她不在身边。你还记得她像是喃喃自语般说道：“一切都好。”

A） 5-1-2-3-4

B） 4-5-1-2-3

C） 3-4-5-1-2

D） 2-3-4-5-1

E） 1-2-3-4-5

31. 家人

1. 你把家人划分为两类：你爱的和你不爱的。
2. 你把家人划分为两类：不该活着的和不该死去的。
3. 你按照你小时候对他们的信任度来划分家人。
4. 有那么一瞬间，你以为你发现了什么了不得的、多年来都迷惑不清的事情。
5. 你把家人划分为两类：活着的和死去的。

A） 1-3-4-5-2

B） 5-2-1-3-4

C） 1-3-5-2-4

D） 3-4-5-2-1

E） 1-2-3-4-5

32. 一脚踢得蛋疼

1. 你想到所有这些形形色色的人：活的死的、近的远的、男的女的、智利的或是外国的，他们都有理由一脚踢得你蛋疼。
2. 你在想，你是不是活该被一脚踢得蛋疼。
3. 你在想，你是不是活该被人恨，是不是有人真的恨你。
4. 你在想，你是不是恨着别人，是不是恨那些恨你的人。
5. 失眠让你备受折磨，它与你形影不离。

A） 1-1-1-1-1

B） 2-2-2-2-2

C） 3-3-3-3-3

D） 4-4-4-4-4

E） 5-5-5-5-5

33.　押韵

1. 你在找跟你的名字押韵的字。
2. 你在找跟你的姓氏押韵的字。
3. 你的名和你的姓根本不押韵，可你还在找既跟你的名又跟你的姓押韵的字。
4. 你在找既不跟你的姓、也不跟你的名、跟啥都不押韵的字。
5. 你没疯。

A） 1-2-3-4-5

B） 1-2-3-4-5

C） 1-2-3-4-5

D） 1-2-3-4-5

E） 1-2-3-4-5

34. 第一人称

1. 你觉得唯一的办法就是闭嘴。
2. 你从不说“我”。
3. 亏得那几瓶红酒，你学会了说“我”。
4. 你从不说“我们”。
5. 亏得那瓶皮斯科酒，你学会了说“我们”。
6. 你恢复正常了。

A） 1-2-3-4-5-6

B） 1-2-4-3-5-6

C） 2-4-1-3-5-6

D） 4-5-6-2-3-1

E） 2-3-6-4-5-1

35. 游泳

1. 刻度显示是92.1公斤。你就把收音机调到了92.1 FM。你讨厌这个频道，讨厌它所有的节目。你该减肥了。
2. 这会儿你坐在公共游泳池的边上，双脚浸在水里，看着正在学游泳的几个孩子。女老师说话铿锵有力，声音并不甜美。孩子们个个神情严肃。
3. 你小时候偏爱安静，后来又希望词句汹涌而来，把你淹没。你是会游泳的，可没人教你。你觉得，我们只要被扔到水里，然后呢，跟狗似的，我们立马就能学会游泳。
4. 其实你可能在学校学过，可能这是你在学校学到的唯一的东西。也算不上学游泳啦，就是学着扑腾扑腾胳膊腿儿，学着一连几个小时屏住呼吸。
5. 众所周知，游泳是最好的锻炼。你想，你会好起来的，会瘦下去。你跳进凉凉的水中。游泳不仅强身健体，还增强记忆。

A） 1-2-3-4-5

B） 1-2-3-4-5

C） 1-2-3-4-5

D） 1-2-3-4-5

E） 1-2-3-4-5

36. 疤痕

1. 你认为，两点间最近的距离，即伤痕两端的间距。
2. 你想：引言是父亲，主体是儿女，结论则是圣灵。
3. 你读的那些书比你自己写的要莫名其妙多了——万一你也写书的话。
4. 你像有了什么大发现似的想：时间线轴的最后一点就是现在。
5. 你打算从丑到帅的来，即使“帅”是“元帅皮诺切特”① 也不要紧。
6. 你打算从虚到实的来。
7. 虚的，是别人的伤痛。
8. 实的，是别人的伤痛侵入你的肌肤，深入你的骨髓。
9. 那实的，是种只会不停增长的东西。
10. 那东西就像肿瘤，或是与肿瘤对立的什么：一个孩子。
11. 对你来讲，那是个肿瘤。

A） 1-2-3-4-5-6-7-8-9-10-11

B） 1-2-3-4-5-6-7-8-9-10-11

C） 1-2-3-4-5-6-7-8-9-10-11

D） 1-2-3-4-5-6-7-8-9-10-11

E） 1-2-3-4-5-6-7-8-9-10-11

---

① 奥古斯托·皮诺切特（1915—2006），智利政治家、军人，于一九七四年至一九九〇年为智利军事独裁首脑。——译者注，后同。

III. 填充句子

在练习 37 至练习 54 中，填入合适的内容来完成句子。标出最佳选项。

37. ____________这些人搞过的成千上万项改革，一九八〇年的宪法成了一派胡言。

A. 伴随着

B. 就因为

C. 哪怕有

D. 多亏了

E. 然而

38. 那阵子我经常撒谎，____________常戴深色墨镜。

A. 但是也

B. 哪怕还

C. 甚至都不

D. 所以

E. 甚至还

39. 好多人盼着我死，____________。

A. 可我还没病得那么重呢

B. 但我连感冒都没患上

C. 哪怕我都病入膏肓了

D. 可惜啊，我并不是真病了

E. 我甚至还没病呢

40. 学生__________学校是__________学习，而不是__________思考。

A. 去；去；去

B. 去；去；去

C. 去；去；去

D. 去；去；去

E. 去；去；去

41. 学生去学校是去__________，而不是去__________。

A. 睡觉；寻死

B. 喝两杯；瞎琢磨

C. 学习；抗议

D. 哭闹；读书

E. 采购；闲逛

42. 要是他们还有点儿精力，__________还有体育活动。

A. 那正好

B. 那正好

C. 那正好

D. 那正好

E. 那正好

43. **要是他们还有点儿__________，那正好还有__________。**

A. 希望；现实

B. 挫败；骄傲

C. 憧憬；空虚

D. 想闹事；警察

E. 神经细胞；霹雳可卡因[①]

44. **____________人类，此事绝无可能；____________上帝，一切皆有可能。**

A. 对于；可对于

B. 对于；可对于

C. 对于；可对于

D. 对于；可对于

E. 对于；可对于

45. **对于____________，此事绝无可能；可对于____________，一切皆有可能。**

A. 男人；女人

B. 特雷西塔；保拉

C. 右派；左派

D. 柯克船长；史波克[②]

E. 穷人；富人

---

① 霹雳可卡因：可卡因的一种，容易上瘾。

② 二者均为电影《星际迷航》中的角色。

46. **对于__________，此事绝无可能；可对于__________，一切皆有可能。**

A. 我爸；我妈

B. 双鱼座；狮子座

C. 我；你

D. 克劳迪奥；乔治

E. 明天；后天

47. **如果你心中的____________都转化为____________，那你的____________怎么办?!**

A. 光明；困惑；黑暗

B. 困惑；光明；电筒

C. 质朴；淫秽；老二

D. 爱情；愤怒；离婚

E. 幽默；苦涩；书籍

48. **如果有人____________打了你，那你把另一边儿也补齐得了。**

A. 在脸颊上

B. 在肋骨上

C. 在河岸上

D. 在床边上

E. 高高在上

49. **我想把这些词凑成一堆，____________一切毫无意义。**

A. 哪怕

B. 好让

C. 想让

D. 但让

E. 直到

50. **我在找一些____________出现在书本上的句子。**

A. 时不时

B. 从来不

C. 总是

D. 只会

E. 甚至不会

51. **你曾是个混账儿子，__________，现在你要写点儿什么。**
你曾是个混账父亲，__________，现在你要写点儿什么。
如今你孤身一人，____________，现在你要写点儿什么。

A. 为此；为此；为此

B. 对此；对此；对此

C. 但是；但是；但是

D. 管它呢；管它呢；管它呢

E. 反正；反正；反正

52. 你曾是个混账儿子，所以现在你写___________。
你曾是个混账父亲，所以现在你写___________。
如今你孤身一人，所以现在你写___________。

A. 信；信；信

B. 长篇小说；短篇小说；诗歌

C. 不出什么；不出什么；不出什么

D. 遗嘱；遗嘱；遗嘱

E. 不停手；不停手；不停手

53. 你曾是个混账儿子，但___________。
你曾是个混账父亲，但___________。
如今你孤身一人，但___________。

A. 人们看好你；人们看好你；人们看好你

B. 我爱你；我爱你；我爱你

C. 还算凑合；还算凑合；还算凑合

D. 你心里有数；你心里有数；你心里有数

E. 没人知道；没人知道；没人知道

54. 你曾是个混账儿子，但____________。

你曾是个混账父亲，但____________。

如今你孤身一人，但____________。

A. 你现在乐着呢；你现在乐着呢；你现在乐着呢

B. 当儿子难着呢；当爹难着呢；谁又不是呢

C. 是个好士兵；是个好信徒；上帝与你同在

D. 是个顶呱呱的后卫；借给过我三百块钱；你他妈过得好着呢

E. 你爸都死好久了；你儿子都死好久了；你乐意

IV. 删除内容

在练习 55 至练习 66 中，请考虑哪些句子或段落是无意义的或与上下文无关的，将其删去，选出最佳选项。

55.

（1） 这么些年，没人来给我扫过墓。

（2） 说真的，我也不指望谁来。

（3） 可今天有个女人来给我送了束花。

（4） 是四朵红玫瑰、两朵粉玫瑰和一朵白玫瑰。

（5） 我不知道她是谁，也不记得在哪儿见过她。

（6） 我想，她并不知道我是个混账家伙。

A. 都不多余

B. 2

C. 4

D. 5

E. 6

56.

（1） 冰箱里有几个汉堡。

（2） 还有些生菜和芥子酱。

（3） 我跟孩子们去了海滩。

（4） 这很正常，毕竟也是我的孩子。

（5） 我怕你。

（6） 他们也怕你。

（7） 这也很正常。

A. 都不多余

B. 1 和 2

C. 2

D. 4

E. 7

57.

（1） 宵禁是指在一定地域内、晚间禁止在街上随意走动的禁令。

（2） 它一般是在战争期间或民众起义期间执行。

（3） 智利独裁政府于一九七三年九月十一日至一九八七年一月二日期间实行了宵禁。

（4） 有个夏天的晚上，我爸出门随便走走。后来太晚了，他只得借宿在一个朋友家。

（5） 他们做爱了，朋友怀孕了，我出生了。

A. 都不多余

B. 5

C. 1、2 和 3

D. 4 和 5

E. 2

58.

(1) 我本不想说你的事，可又免不了。

(2) 现在我就在说你的事，而你正读着呢，你知道的。

(3) 如今我是一篇你正读着的文章，你希望我消失。

(4) 我恨你。

(5) 你恨不得有审核的权力。

(6) 恨不得不再有人读到这些话。

(7) 我恨你。

(8) 你毁了我的生活。

(9) 如今我是一篇你删不掉的文章。

A. 都不多余

B. A

C. B

D. C

E. D

59.

(1) 她六十五岁时被查出患有乳腺癌。

(2) 她不得不摘除了一侧乳房。

(3) 没多久，她又患上了阿尔兹海默症。

(4) 她不再认得自己的子女、儿孙，谁都不认得了。

(5) 甚至连我都不认得了。

(6) 可她从未忘记过，她少了一个乳房。

A. 都不多余

B. 1

C. 2

D. 4

E. 5

60.

（1） 我这辈子只见过三次我外公。没人知道他有多少儿女。依我妈估计，是二十多不到三十个。

（2） 他第一次来我家是在晚上，当时我们正要睡下。他向我们介绍了他最小的女儿维罗妮卡，约莫四五岁，比我还小。

（3） “来跟你们的小维姨妈打个招呼，”他跟我和我妹妹说，“我把你们的生日都写在纸上了，我从没忘记过我的孙女、孙子。”

（4） 快半夜时，他们坐着一辆雷诺汽车走了。天正冷，妈妈只好把妹妹的一件毛线衫借给了小维姨妈。

（5） “他们不会还你那件毛线衫了。”吃早饭的时候，妈妈跟妹妹说。她压着怒火，又像是无可奈何。

（6） 我第二次见外公，是一段时间以后，我妈过生日。

（7） 妈妈很开心。我现在还记得她那句既荒谬又正确的话：“他永远都是我爸。”

（8） 我最后一次见外公是在医院里。他跟另外三个快咽气的老人住一间房。大伙儿让我进去看看他，跟他告别。

（9） 我看了看那些老人，他们样子都差不多。我试着认出哪个是我外公，可认不出。我看了他们一会儿，然后走掉了。

A. 都不多余

B. 3

C. 4和5

D. 7

E. 8和9

61.

（1） 准备茶水的时候，马列拉跟我说，她以前的学校有个修女怀孕了。

（2） 我问她是在哪儿、什么时候。“在圣母学校。我那时还小，念四年级。”

（3） 马列拉的眼睛是棕褐色的。有那么一瞬间，我觉得我能想出她小时候的脸蛋。

（4） “她被藏了起来，但我们看到过她一次，”她说，“我们被要求保密。”

（5） 我问她那她们有没有保密。“我不知道我的同学们有没有，”她答道，“我是有的。”

（6） “你是我第一个说起这事儿的人。”她告诉我。

（7） “三十年后？”

（8） “对，三十年。”她应道。

（9） 她垂下目光看着自己的双手。我也看着她的双手。

（10） 她抚弄着一块面包渣，然后点了支烟。

（11） “不对，”她若有所思地说，“是三十五年。”

A. 都不多余

B. 3

C. 9

D. 10

E. 11

62.

（1） 在智利，陌生人在电梯里没有打招呼的习惯。你上上下下，假装自己啥都看不见，是个睁眼瞎。要是你跟人打招呼，所有人都会像看怪物一样看着你，有时甚至都不回礼。人们默默分担着这种怯懦，搞得跟要被献祭似的。

（2） 打个招呼有什么要紧呢？你正想着，门开了。电梯里已经有十来个人，挤不进更多了。某个耳机里传出一首你熟悉的歌，你喜欢这首歌。

（3） 要是你抱住站在你面前的女人，可能会轻松很多。可你和她都在努力避免身体的接触。

（4） 你想起了自己小时候受过的一次惩罚，那年你八岁，在女厕所和一个女同学接吻。那已经不是你俩第一次接吻了，这事儿既是种游戏，也是种挑战。有个老师发现了你俩，把你们训了一通，然后带去了教导处。

（5） 惩罚的内容是让你俩在课间休息时，在操场中央手拉手、面对面站着，四目相对。其他孩子在一旁冲着你俩那傻样起哄。

（6） 小女孩难为情地哭了。你也差点哭出来，但你还是把目光盯在女孩脸上。你心里升腾起一股悲哀的火焰。小女孩的名字叫罗西奥。

（7） 课间休息有多长时间？十分钟，或者十五分钟吧。后来你再也没有盯住任何人的脸看上整整十五分钟。

(8) 要是你一把抱住你面前的陌生女人，可能会轻松许多。你俩都垂下目光，你比她高。你把目光聚焦在她依旧湿漉漉的黑发上。

(9) 你看到她垂顺的长发上纵横的发纹，想起你在过去的一个个早上小心翼翼地梳过的那些头发。你学过这手艺。如今你给人梳头很是在行。

(10) 所有人都下了电梯，就剩下你和她。你们利用每一块腾出的空间来远离对方。其实你们可以站得更远些，一人占一个角落，可这样似乎有些张大其事，就跟抱在一起没啥两样了。

(11) 她比你早下一层。看到自己在镜子里无限叠加的身影，你跟现在一样长舒了一口气。这真是奇怪，甚至有一丝恐怖。

(12) “智利人没有在电梯里打招呼的习惯。”晚上，你在跟几位外国朋友的聚餐中说道。“我们那儿也不。”大概是出于礼貌，大伙儿纷纷回答。“可在智利真没人打招呼，人们在电梯里互相都不看对方。”你强调。

(13) “每个人都装隐身人。就算是老朋友、老仇人或是老情人坐在同一部电梯都不知道。”

(14) 你又补充了一些智利人的共同点，都是泛泛之辞。说这些的时候，你觉得自己仿佛背叛了什么。你感到一阵刺痛，那是伪装的沉重。

（15）“智利人没有在电梯里打招呼的习惯。”你重复道，像是在反复唱着副歌。在这晚餐上，你竭力让自己显得像是一流的观察家，以及这世上最糟糕国家的居民。

A. 都不多余

B. 4、5、6 和 7

C. 8 和 9

D. 3、4、5、6、7、8、9、10、11

E. 1、2、3、8、9、10、11、12、13、14、15

63.

（1） 我是他的朋友、好兄弟。我了解他。人们的传言有些是事实，但并不全对。我挺在乎大伙儿的话，话里藏刀啊，就跟我自己被人指指点点似的。

（2） 他的确看不惯男同性恋者，但从没为此辞退过谁。大伙儿都看得出萨拉萨尔是个男同性恋者，这是明摆着的事儿。问题是他太懒啦！我兄弟辞退他是因为他懒，可不是因为他的嘴上功夫。

（3） 说我兄弟对女佣不好也是瞎话。为这为那的，女佣在家里服侍了好多个年头。他摇铃唤她，有时甚至“请”她帮忙；每年圣诞都送她一套崭新的制服，完全无可挑剔；二月则带她去弗鲁迪亚①的住宅。这位老女佣这会儿正在过她那一个月的带薪暑假呢。

（4） 我倒想请问一下，摇铃有什么不对？难不成非要粗声粗气使唤人才更好？

（5） 他也的确不待见马普切人②，可如今所有人都该得到尊重。他奶奶的，啥都不能说，啥话都得罪人，谁都在抗议。我兄弟可是心口如一的，想到啥说啥，这是他唯一的罪过。

（6） 不过马普切人又有什么了不得的呢，他们就是打

① 智利南部小镇，风光秀美。
② 智利和阿根廷最大的印第安部族。

输了嘛[①]。秘鲁人、玻利维亚人都输过，多大点儿事儿！而今他们四处哀号着没了大海，对着地图叽叽歪歪。那嘴脸就跟一群小兔崽子围着爹妈要这要那没两样。

(7) 如今，有那么些家伙说他们对当年失踪、折磨和谋杀的事儿并不知情。他们明明知道！我兄弟知道，我知道，全天下都知道。怎么可能不知道呢?！我记得好些年前，我们在罗马一间高档酒店里，一位流放者过来了，手里挽着个瘦骨嶙峋而花枝招展的酒吧女。我看不惯那流放者，又蠢又笨还拽上天，可我兄弟跟他一见如故，后来甚至还跟他做起了生意。

(8) 我兄弟从没有看不起任何人，他就有那种跟谁都能谈成生意的本事，才懒得理会种族啦，信仰啦，政治问题什么的。他也从不四处求情，一辈子都在辛苦工作。

(9) 在他四十九年的婚姻中，他从没做过对不起图图的事。他甚至都没和女秘书瓦妮娅风流过，倒是瓦妮娅老爱在他跟前掀自己的小短裙，搞得他很烦。我记得他很是绝望地跟我说过，要是他跟瓦妮娅上床了，那可真是不敢再看卡洛斯神父的眼睛了。后来我们才知道，卡洛斯神父才是个不折

① 从美洲大陆被发现以来，马普切人针对外族展开了长期而顽强的抵抗，后在十九世纪末被智利政府征服。

不扣的花花公子呐。

（10） 这一点我必须强调，因为它清清楚楚地表明了我兄弟的道德水准：他从没做过对不起图图的事，连三陪女都没找过。反正他就是不喜欢跟那些女人纠缠不清。萝卜白菜各有所爱嘛。

（11） 他不只是经常给军队捐款，在我看来，我这位兄弟简直是捐款狂，一帮起别人就根本停不下来，近乎病态地追求“万众一心”。每年年底，他都给公司每个员工送上一盒体面的礼物。

（12） 不管人们怎么说他，他现在已不在人世了，要说三道四当然容易。可我还是希望人们知道，我兄弟并没有彻底离开，他还有我，我为他时刻准备着。我永远都会护着他。永远，我的朋友：永远。

A. 都不多余

B. 全是废话

C. 4

D. 9 和 10

E. 2、3、4、5、6、7、8、9、10、11

64.

（1） 别人问我姓甚名谁，我回答：曼努埃尔·孔特雷拉斯。别人又问我是不是就是曼努埃尔·孔特雷拉斯，我说是。别人追问我是不是曼努埃尔·孔特雷拉斯的儿子。我说我就是曼努埃尔·孔特雷拉斯。①

（2） 有一回，我拿出电话簿，撕去了有我的——或者说有我们的——名字的那一页。我在圣地亚哥一共数出了二十二个曼努埃尔·孔特雷拉斯。我也不知道我想做什么：大概是寻求愚妄的安慰吧。可随后我就把那页纸塞进了碎纸机。有一个滥大街的名字对我屁用没有。

（3） 作为智利历史上最穷凶极恶的罪犯的儿子，你作何感想？想到自己的父亲被判三百多年徒刑是何种滋味？你能与那些被你父亲毁掉的家庭有感同身受的仇恨吗？

（4） 我没法回答这些翻来覆去被人问过的问题。人们问得满腔怒火，也免不了纯粹的好奇。我想，这事儿的确让人好奇。

（5） 其实我也好奇：不是智利历史上最穷凶极恶的罪犯的儿子，又会作何感想呢？想到自己的父亲从未杀

---

① 曼努埃尔·孔特雷拉斯（1929—2015），智利独裁首领皮诺切特的心腹将领，曾组织多起针对反对派的镇压活动，包括绑架、酷刑和屠杀等。

害、从未施刑于任何人，又会是何种滋味呢？

(6) 我应当声明，我的父亲是无辜的。我就该这么说，必须这么说，不得不这么说。我要是不说我父亲是无辜的，他能杀了我。我们这些杀人犯的儿子可没法杀了自己的老子。

(7) 我已打定主意不生小孩。我要全心全意侍奉父亲。他病了，健康每况愈下，这事儿人尽皆知，各大报纸都报道了。

(8) 等我父亲去世，我就可以拥有自己的人生、自己的儿子了。他就会是曼努埃尔·孔特雷拉斯的儿子。不过我不会再给他起名叫曼努埃尔了，我会让孩子他妈给他另挑个名字。我可不想给曼努埃尔·孔特雷拉斯当爹。

(9) 我受够了给曼努埃尔·孔特雷拉斯当儿子，不想再给曼努埃尔·孔特雷拉斯当老子。希望我能生个女儿，那就最好不过了。

(10) 说话的并不是我本人，有人伪装着我的声音，在替我说呢。我父亲很快就要死了。假装我声音的人很清楚这一点，他不在乎。

(11) 恐怕等到伪装我声音的那个混蛋家伙现在写的书出版的时候，我父亲已经死了。人们想必会认为，那伪装的声音里也有一丝真实。哪怕那不是我自己的声音，哪怕我绝不会说现在这些话，哪怕没人有权替我发声，如此戏弄于我。

要取笑我、指责我、同情我是多容易的事儿啊。
真是没有文学道德。

（12） 为作家鼓掌吧，为他的奇思妙想鼓掌！
请诸位为他鼓掌，就像为那些人鼓掌一样。
请诸位把掌鼓到他脸上，左右开弓，直打到他血从哪儿流出来的都分不清。

（13） 现在他说我在发号施令，说我精通酷刑，说有其父必有其子。现在他说我指使人们拿棍子捅进他的屁眼。

（14） 现在他说我没权力挑战自己的命运，说我活得行尸走肉，说我言不由衷。我对他替我发声这事儿千恩万谢。现在他还在找一些词汇，好用最粗的钻头把它们文在我的胸口。

A. 都不多余

B. 9

C. 10、11 和 12

D. 13 和 14

E. 14

65.

（1） 那老家伙打算用中头彩的钱来实现自己的毕生梦想，可他的毕生梦想就是中头彩啊，于是他没了主意。后来他很快买了一辆标致505，雇了我来给他开车。

（2） 一个周六，我去找他，本来我们计划在马场俱乐部碰头的，但他看《超级星期六》① 正上瘾，懒得出门。他请我喝了罐啤酒，我们一起看了《你不知道的智利》这个版块：主持人多恩·弗朗西斯科漫步在安库德市和卡斯特罗市，采访着一些湖上木屋的居民，帮他们准备“古兰多”②，还吃力地往自己的大头上扣奇洛埃帽子。

（3） “我们这样吧，”老家伙颇为憧憬地跟我说，“开车行遍智利。”我问他为什么不是行遍全天下，就像多恩·弗朗西斯科在《环球掠影》版块中那样。他说在了解世界之前应当先看看自己的国家。我又问他我们是从北还是从南出发。“从北，混账，从北方走，怎么会从南走。都是从北到南，傻小子。”

（4） 他的旅行最终结论如下：“智利是个美丽的国家。

---

① 一九六二年开播的智利综艺节目，广受观众喜爱，曾被多个国家转播，二〇一五年播出了最后一期。

② 起源于智利奇洛埃群岛上的一道菜肴，历史悠久，主要食料是海鲜、肉类、土豆和蔬菜等，通常用烧热的石块放在锅中高压烹饪而成。

人们成天抱怨没有自由、抱怨独裁、抱怨这个抱怨那个的，都没人注意到智利是个美丽的国家。”

（5） 我也热爱我的国家，可我对旅行的记忆所剩无几。我总是跟个机器人一样、伴着老家伙惊人的鼾声开车。有时，我用余光瞟到他那大张着的嘴里流出亮闪闪的口水。他醒着的时候不爱听音乐，只听“可可罗格朗”[①]的笑话磁带。我开始厌烦“可可罗格朗”：厌烦他的笑话、他的嗓音和他的一切。

（6） 我还记得洛斯比洛斯附近的寒冷：我在便道上孤零零地吸着烟，而几米远处，在汽车的后座上，老家伙和两个大奶子、苦瓜脸的妓女打得火热。我也记得在伊基克，我在卡凡查海滩上把他唤醒时，他还以为我是劫匪。在佩尤韦，一个巨浪差点把他吞没，我只好穿着裤子跳下水救他。而在皮奇莱穆，他去训斥两个抽大麻的，人家本来和和气气，却也恨不得揍得他满地找牙。还有在塔尔卡、安戈尔和特木科，我都为他挺身而出。

（7） 我还记得当老家伙在好些个餐厅去骚扰服务员时，我都心惊胆战。我唯一自由的时刻是他胃病犯了、不得不住进蒙特港一家诊所的时候。那些天我还算开心，不过恐怕也只有几个钟头的开

---

① 亚历杭德罗·哈维埃尔·冈萨雷斯·罗格朗（1947 年— ），也被称为“可可罗格朗”，生于智利圣地亚哥，智利著名演员、笑星。

心：天下着雨，我把车停在市中心，吃着芝士面包，听着黑天使乐队和囚徒乐队的歌。在卡涅特也是：我在卡涅特也挺开心，可我不记得为什么了。

(8) 老家伙付我的钱不少，这点我可得承认。后来他去了欧洲和美国，我们就断了联系。然后他给我打电话问我认不认识可以为他写传记的人。我跟他说我就可以，说我已经转行当作家啦。这是撒谎，不过我需要钱。他信了我。

(9) 我们口头商定了酬金。他唯一在乎的就是书要写得够厚。我开始写他的故事。每天早上，我都跟他见面听他讲。他真是个浮夸、没眼力见儿又自以为是的家伙，可我总是听着、记着。“西班牙人可好着哩！”比如，他经常冷不丁地冒出这么一句。“哪儿的西班牙人啊？”我总问。“什么哪儿的，白痴，西班牙的西班牙人啊！”他应道。

(10) 我还得采访他的孩子们，一儿一女，跟我年龄相仿，都是一副无依无靠的样子，都说他们爱自己的父亲、崇拜他，他的前妻也这么讲。前妻右手里老握着一串念珠，说起话来口若悬河。显然，他们都在撒谎，可我不明白他们干吗串通一气。后来我才知道，老家伙每月给他们的生活费都翻了番。

(11) 有一回，我毫无恶意地问他，有没有想过，是金钱改变了他。“你看你问的这些混账问题，傻小子。我看当然是！”他回答，“钱能改变所有人！”然后我又问他对皮诺切特是什么看法，其实我已经知道了，只是想确认一下。当时是一九八七年，袭击的后一年，全民公投的前一年。① 我提醒过他，不管公投结果如何，智利人对皮诺切特的看法在接下来几年间可能会有所改变，对一个独裁者表示强烈拥护恐怕未必理智。“在我的书里，你给我写清楚啰：我认为皮诺切特拯救了智利，我还希望那些想要谋杀他的蠢货都烂死在地狱里。”他回答。

(12) 我也问过他对多恩·弗朗西斯科是什么看法。“他一直是我的灵感来源。”他回答。“多恩·弗朗西斯科可是周游过世界的，”我提醒他，“可皮诺切特呢，哪儿都没人请他去。”我也不知道为什么要跟他讲这些。他沉思起来。我趁热打铁，补充说多恩·弗朗西斯科向我们展示了一个被皮诺切特毁掉的智利。“去你的！”他回答。

(13) 我没应声，我已对这种侮辱习以为常。说到底，我无非是个影子写手。我又工作了两个月，写完了传记。整整三百五十九页。我得厚着脸皮

① 智利军事独裁首脑奥古斯托·皮诺切特的军政府用残暴高压政策镇压异己，引起民众不满。一九八六年九月七日，皮诺切特遭遇左翼组织袭击。面对国际压力，智利被迫于一九八八年举行公投，由公民决定是否由皮诺切特继续下一届八年任期。

说我对某些章节还颇为自得，觉着写得相当精彩、言辞有力。虽然整本书就是垃圾，可至少还有那么些句子，在我看来，是灵感迸发的，还有那么些雄辩的手法，甚至颇有巴洛克风味。老家伙付钱印了五百本。《我脚下的世界和祖国》，这是他定的书名。

(14) 我以为我再也不会见到他了。十五年间，他音信全无，直到我接到他的电话。我问他怎么知道我的号码的。“我自有办法嘛。”他回答。他说他病了，可能没几天好活了，想对传记做一些修改，好出第二版。我问他第一版有没有卖光。“还剩百来本，”他说，“不过不够啊。”“您想修改些什么呢？”我问。“就是拼写错误。”该死的老家伙答道。

A. 都不多余

B. 全都是废话

C. 随便去掉哪个

D. A

E. B

66.

(1) 我有六个孩子，四儿二女。有个女儿是女同性恋者，可我一样爱她，她是个好孩子。按照这个标准来划分我的儿女的话，我有四个好孩子，两个坏孩子。女儿们百分之百都是好孩子，儿子有两个不像样的：这个比例是百分之五十。

(2) 按年龄来分的话，最年长的是个儿子，四十五岁，最小的也是儿子，二十九岁。按母亲来分则是：艾莱奥诺拉（生了两个儿子和两个女儿）的、席尔瓦娜（生了一个儿子）的和丹妮拉（生了小儿子）的。

(3) 我给所有孩子都起了名字，可只有两个是按照我的意愿来叫的。

(4) 我的孩子中，三个脸上有痣，两个有下巴窝，还有两个睫毛长长的。

(5) 我被摘除左肾的时候，四个孩子去医院看望了我。另两个没去，不过打了电话。

(6) 对我说过“我恨你”的孩子的比例：百分之三十三点三。

(7) 没有通过言语、而是使用行动——一拳打在左眼上——来宣告对我的仇恨的孩子的比例：百分之十六点六。

(8) 向我请求过原谅的孩子数量：四个。

(9) 有两个孩子在三岁前就学会了自己剪指甲和系鞋

带。我在所有孩子十八岁前都教会了他们开车。

（10） 轧过狗的孩子的数量：两个。
轧过人的孩子的数量：一个。

（11） 在公共部门工作的孩子数量：两个。私立公司的：两个。不公不私的：两个。

（12） 二〇一三年智利总统大选，我的孩子们在第一轮公投中投票情况如下：
米歇尔·巴切莱特：两人
马塞尔·克劳德：无
马尔科·恩里克斯-奥米纳米：无
托马斯·乔斯林-霍特：无
里卡多·伊瑟尔：一人
伊芙琳·马泰：一人
罗夏娜·米兰达：一人
弗朗克·帕里希：无
埃菲杜·斯费尔：一人
无效选票：无
空白选票：无

（13） 第二轮投票中孩子们的情况：三票投给了巴切莱特，一票投给了马泰，一票无效，还有个女儿没去投。

（14） 在监狱里连续住过两个晚上的孩子数量：零。

（15） 有药物依赖的孩子数：五人。其中氟西汀依赖者两人，氟硝西泮依赖者两人，锂依赖者一人。我的孩子百分之百是平足。平足而又拒绝使用鞋垫的孩子数量是两个。动过阑尾炎手术的是三个。

(16) 我有五个孩子是近视眼，其中四个还有散光。

(17) 这五个视力不好的孩子中，有两个想做手术，可惜钱不够。三个戴框架眼镜，两个更爱用隐形眼镜。戴框架眼镜的三个中，两个喜欢粗粗的长框。另一个就没啥特别，戴的是圆框眼镜——哪怕心里清楚圆脸的人更该戴方框或方形眼镜。

(18) 一般来说，如果一起吃午饭，会有两个孩子谈论政治，两个谈论足球。大儿子爱讲他那些无穷无尽的风流韵事，另一个儿子则一言不发，跟他小时候一个样儿，死盯着饭菜，像是要对食物做个精密分析。

(19) 经常问我借钱买药的孩子数量：两个。借钱去马场的：一个。借钱还债的：两个。

(20) 我愿意为之献出自己生命的孩子数：至少三个。

(21) 计划内出生的孩子数：四个。

(22) 在烦恼的时候会愿意对我倾诉的孩子数：三个。在我烦恼的时候，我愿意对其倾诉的孩子数：两个。

(23) 会出现在我葬礼上的孩子数：六个。

(24) 会朝着我的坟墓啐上一口的：一个。

(25) 我的孩子中有自己孩子的：零。

A. 都不多余

B. 随便哪个

C. 全是废话

D. 21

E. 25

V. 阅读理解

接下来你会读到三篇文章，每篇文章后都有相应的练习。每个练习有五个选项，请选出最为合适的。

第一篇

经历那些个没完没了的学习指导、阶段测试和综合测试，还有期末大考之后，我们倒也不至于一无所获，不过学的东西几乎很快就会忘光光，恐怕一辈子都不会再想起来。其实我们学得最拿手的、此生难忘的，当属考试作弊。要给那些小抄唱首赞歌恐怕都是脱口而出的事：它们的字体细小而不失清晰，能把所有材料都囊括在统共只有车票大小的纸片上。不过，如果我们没有掌握关键时刻所必备的胆大心细，这伟大的工程也没什么用处：那就是必须善于抓住老师放松警惕的那一瞬，然后接下来的十几二十秒嘛，就是黄金时间啦。

恰恰是在这所学校——据说是全智利最严苛的学校——抄袭倒容易得很。可不嘛，好多考试都是选择题。其实我们离大学选拔考试还有好些年，可大多数老师还是想着尽早训练我们，就从多项选择开始。可哪怕他们给同一门考试出了两种甚至更多种版本的题，我们也总有办法交头接耳。反正没什么好写的、没什么观点好发表、毫无自由发挥的空间、不需要有主见的想法，我们只需要参与这游戏、摸清这套路就成。我们当然也学习，有时候还挺努力，但再怎么也是不够的。我觉得这事儿就是要降低我们的道德水准。哪怕我们全身心投入学习，我们也清楚：总还是会遇到那么两三个匪夷所思的问题。可我们毫无怨言，因为我们都懂这潜规则：无作弊不成考试。

依我看，多亏了作弊，我们才不那么独来独往，开始变得像个集体。这么说是挺悲哀的，但互相抄袭的确让我们团结起来。我们时不时也会有负罪感，觉得自己是骗子，尤其是想到将来，可懒惰和叛逆总能每次占据上风。

*

宗教这门课本来是可有可无的，因为这课的分数不计入总平均分，免修手续却又臭又长，还好塞戈维亚上课实在有趣得很。这位老师对任何话题都能喋喋不休——除了对宗教。其实他最感兴趣的是性，尤其是那几位他想勾搭的女老师。最好玩的时候总是每次要下课时，他要求大伙儿快速供出自己的罪行：每位同学都要坦白自己的一桩罪行，而听完全班四十五桩罪——从“没有退还多找的零钱”和“想袭击女邻居的胸部”到“课间为自己打飞机”——之后，老师总说，我们这些事没一件是不可宽恕的。

我记得是科尔德罗在一堂课上承认了他曾在数学考试中作弊。由于塞戈维亚听完后一副无所谓的样子，于是我们都纷纷贡献了各自不同的版本：说自己在西班牙语考试中作弊、自然课考试作弊、体能测试作弊（引发了哄堂大笑），等等。塞戈维亚强忍笑意，告诉我们他能原谅我们，但我们得小心不被抓现行，不然麻烦可就大啦。可是突然间，他又一脸严肃。“你们才十二岁就这么耍花招的话，”他说，“那到了四十岁不就比双胞胎科瓦卢比亚兄弟还混蛋了吗?！”我们问他双胞胎科瓦卢比亚兄弟是何许人也，他看上去都话到嘴边儿啦，结果又咽了回去。我们一再追问，而他就是不说。后来我们问了其他老师，甚至问到训导员那儿去了，可没人打算给我们讲这故事，还各有各的原因：说这是个秘密，是个敏感话题啥的。不过，我们倒也很快忘了这事儿。

五年后，也就是一九九三年，我们已经念中学了，有一天我跟科尔德罗、帕拉盖兹和小卡洛斯翘了课，在塔拉帕卡台球厅的出口处遇到了宗教老师。他已经不教书了，成了地铁司机，那天不上班。他请我们喝可口可乐，而他自己还点了小杯皮斯科酒，其实那会儿离一天中喝上几盅的时候还早着呢。也就是那一回，他终于给我们讲了双胞胎科瓦卢比亚兄弟的故事。

*

科瓦卢比亚家的传统是：长子都叫作路易斯·安东尼奥，可科瓦卢比亚老爹得知即将降生的是一对双生子时，就把这名字分给了兄弟两个。在这世上的头几年，科瓦卢比亚家的路易斯和安东尼奥享有了——或者叫忍受了——双胞胎父母都惯常给予孩子的、过犹不及的平等：剪一样的发型、穿一样的衣服、在同样的学校同样的班级念书。

孩子们十岁时，科瓦卢比亚老爹在房间里安了一块隔板，又用斧子三下五除二将大床一分为二，锯成两张一般大小的小床。这本是想让双胞胎兄弟多少有点隐私，可这点儿变化形同虚设，兄弟俩在隔板两头还是夜夜睡前聊天。两人就像各自占据了一个半球，可这星球毕竟只有这么丁点儿大。

十二岁时，兄弟俩进了国立中学，这就得分开来了。由于是随机分班，兄弟俩第一次分属不同的班级。在这偌大而缺乏人情味的学校，两人都有些惶然无助，不过倒也坚强，都准备好了面对崭新的人生。哪怕同学们诧异的眼光和幼稚的取笑铺天盖地（比方说“我好像看到了重影哎”），两人也总是在课间碰头，一块儿吃什锦糖。

七年级末[①]，学生们要选读造型艺术或音乐，双胞胎都选了造型艺术，巴望着老天能让他俩重聚，可是没这运气。八年级末，要在法语和英语间做出选择时，他们想到了选法语：这是个非主流的选择，基本能保证二人重新在一个班。可在科瓦卢比亚老爹讲了一席英语在如今这个竞争激烈、弱肉强食的世界有多重要的大道理后，二人只得做出退让。接下来的两年是按照成绩分班，尽管两人都算拔尖，却依然没能如愿分在一起。

到了三年级，二人选择了文科，终于进了同一个班：

① 智利的初级教育分为两个阶段，共计八年，四年一个阶段。随后是中级教育。该制度从二〇一七年起改为初级、中级各六年。

三年级F班。四年的分隔后重新成为同学颇有意思又有些别扭。两人的体貌特征依然惊人相似，不过路易斯的脸上已经冒出了粉刺，安东尼奥则开始通过长发彰显自我——至少对于那个年代来讲，算是长发：被一层发胶打理得服服帖帖的一缕缕头发使得安东尼奥的外表不像他兄弟那般平常。路易斯还是留着军人风范的短发：按照规定，不能长过衬衣之上两指高。安东尼奥还喜欢穿肥大的裤子，也无视校规，经常穿着休闲鞋而非正装鞋去上课。

头几个月，双胞胎总坐一块儿，相互照顾、相互帮助，虽然打起架来也跟仇人似的，不过大伙儿都知道，这是这世上再正常不过的事情了：有时候我们就是看不惯我们自个儿，如果我们面前有个差不多方方面面都跟自己一样的家伙，我们的仇恨就不可避免地会向他发泄。可半年后，不明不白地，兄弟俩的争斗变得愈发尖锐，与此同时，安东尼奥对学习已经兴味索然。相反，路易斯的人生依然井井有条，履历无可挑剔，成绩单光鲜傲人，其实他就是那一年的年级第一啦。令人大跌眼镜的是，他的兄弟成了垫底的，于是哥儿俩再次分开了。

管理全校四千多学生的仅有的一名训导员对双胞胎兄弟的事挺上心，于是亲自给兄弟俩的家长打了电话，灌输了一番他那或许也不太靠谱的理论：说安东尼奥这是出于不想跟他的兄弟一个班级而下意识地（训导员还简洁有力地解释了何谓“下意识地”）盼着留级呢。

路易斯轻而易举地完成了中学学业，成绩斐然，在大学入学考试的各门测试中都名列前茅，尤其是智利历史和社会科学这两门，成绩逼近全国最高分。路易斯以丰厚的奖学金进入到智利大学学习法律。

*

在路易斯念大学的头几个月里，兄弟俩前所未有地疏远。看着已经不用穿校服的兄弟出发去系里，自己却还耗在中学，安东尼奥很是妒忌。有些个早上，二人的时间安排重合，可亏得那份心领神会、与众不同的默契——或者说也算是传说中的心灵感应吧——他们从不会登上同一辆公车。

二人继续回避碰面，也几乎不打招呼，其实他们都知道这隔阂不会持续太久。路易斯的法律学到第二个学期时，有天晚上，安东尼奥又开始隔着挡板跟他讲话了。“大学咋样啊？”他问。

“哪方面？”

“妞儿们呗。”安东尼奥点明了。

“嗯，倒是有些相当不错的妞儿。”路易斯答道，努力避免炫耀的口吻。

“我知道有妞儿，不过你们怎么搞？”

“什么我们怎么搞？”路易斯回问，心底里却清楚兄弟指的是什么。

“在姑娘们面前想放屁的话，你们怎么搞？”

“憋着就是。”路易斯回答。

跟从前小时候一样，那晚二人谈笑风生，争相放屁打嗝。从那时开始他们又亲密无间了。二人都保持着独立，尤其是周一到周五，可周末两人总是同进同出，一块儿喝酒，还变着花样儿互相顶替，这可都多亏了路易斯的长发和卷土重来的粉刺，两人看上去再一次像是一个模子印出来的。

安东尼奥在学习上进步显著，但仍算不上是个模范学生。四年级末，他开始犯愁。尽管他自认为已准备好大学入学考试，却没把握取得像他兄弟一样足以进入智利大学学习法律的高不可攀的分数。至于那个点子嘛，自然是安东尼奥想出来的，可路易斯也欣然应允，毫无惧色，毕竟他从不认为有谁可能识破他俩。于是那年十一月，路易斯·科瓦卢比亚拿着兄弟安东尼奥的身份证，第二次参加了大学入学考试，他拼尽全力，结果考得比头一年还要好：他的社会科学考试取得了全国最高分。

*

“可我们又没有双胞胎兄弟。”那天下午，塞戈维亚讲完后，科尔德罗这样应道。我不记得当时雨势如何，反正就记得老师穿着蓝色的雨衣。他起身去买了包烟，回到桌边的时候站住了，像是在重建往日的规矩：老师站着，学生坐着。“反正他们也会顺风顺水，你们哪知道人家身份多了不得！”老师说。

“就因为念了国立中学？”我问。

老师一直没吱声，像是要让人觉得已经没必要回答我的提问了。他吸着烟，呼吸中透着焦虑，大概已经有了些醉意，但还是开了口：“国立中学已经废了，可这个世界也废了。”他说：“你们就是这样被教育的，来面对一个大家伙儿都互相 × 蛋的世界。你们考试都考得不错，考得棒极了，不用担心：你们不是被教育了，是被驯化了。”这话听上去很不客气，可他的声调中没有轻蔑，至少那轻蔑不是冲着我们来的。

我们一直无言，已经不早了，天都要黑了。老师又坐了下来，看上去若有所思。“我以前成绩很好，”在我们以为差不多已经无话可说时，他开口了，“是全年级、全校最厉害的，考试从不作弊，可是大考栽了跟头，所以我才只能学宗教教学法，我可都不怎么信上帝啊！”我问他现在当地铁司机赚的钱多点不。“原来的两倍！”他答。我们又问他现在是否还信上帝，他说信，说他现在前所未有地信仰上帝。我没忘记过、以后也不会忘记他的动作：香烟夹在食指和中指间，看了看左手手背，像是在找寻那一道道青筋，然后快速翻过手来，又像是在确认生命线、头脑线和心脏线都还在那儿。我们如同多年老友或昔日好友般告别了。他进了电影院，我们几个则沿着布尔勒斯大道往阿尔玛格罗公园走，去抽几支烟。

我们再也没有听到过塞戈维亚的消息。有时在地铁里，当我站在第一节车厢，我会看向司机的小隔间，想着老师会不会在那里，打着呵欠摁着按钮。至于科瓦卢比亚双胞胎兄弟，我知道他们再也不会分离啦。他们已经成了一个模子的律师：据说很难分出谁是更厉害的、谁又是更腐败的那个。两人共事于维塔库拉的同一家事务所，收取着一样的酬金，都是这份顶呱呱的服务应得的、天价的酬金。

练习

67. 根据本文，科瓦卢比亚双胞胎兄弟在新的学校的经历：

A） 标志着父母一直教导给他们的价值观的彻底分离。

B） 充满创伤，因为二人被迫过早做出种种决定，且这段经历让二人无可挽回地渐行渐远。

C） 渐渐把他们塑造成对智利社会的有用之才。

D） 把正直善良、情深意厚的兄弟俩变成了不知廉耻的混账家伙。

E） 意味着一段艰苦的时光，在那之后兄弟俩变得更加顽强、精明，得以在这个冷酷无情、物欲横流的世上有了竞争力。

68. 本文最好的题目是：

A） 双胞胎驯养手册

B） 吾爱吾师

C） 团结一致来作弊

D） 斗律师

E） 斗双胞胎律师

69. 关于多项选择，作者认为：

I. 在那所学校是家常便饭，目的在于让学生为大学入学考试做准备。

II. 说来说去，这种考试还是作弊来得容易。

III. 不必有自己的思想。

IV. 老师们偏爱这种考试是因为不用整个周末都改卷子改得头疼。

V. 正确答案基本上都是 D。

A） I 和 II

B） I、III 和 V

C） II 和 V

D） I、II 和 III

E） I、II 和 IV

70. 把路易斯·安东尼奥这名字分给两个双胞胎儿子体现出路易斯·安东尼奥·科瓦卢比亚先生的：

A） 创意

B） 机灵

C） 公正

D） 博爱

E） 混账

71. 根据本文可以推断出那所学校的老师都：

A）平庸而残暴，因为他们都完全趋附于僵化的教育模式。

B）残暴而严厉，都热衷于布置写不完的作业来折磨学生。

C）难过得要死，因为赚不了几个钱。

D）残暴而严厉，因为都难过得要死。那段时间没人不难过。

E）我的同桌选了 C，我也选 C 好了。

72. 根据本文可以推断出：

A）学生们考试作弊是因为他们生活在独裁统治下，这理由能为一切事情开脱。

B）只要小心点，考试作弊也没什么大不了。

C）考试作弊是任何人类成员受教育过程的必经之路。

D）大学入学考试考得不好的学生通常都成了宗教课老师。

E）宗教课老师很有意思，但不一定信仰上帝。

73. 本文的目的在于：

A） 为成绩优秀、经济困难的智利学子（虽然为数不多，总归还是有）指明可能的就业之路：为纨绔子弟代考。

B） 揭露大学入学考试过程中的安全问题，顺道促进与生物识别检测器或类似系统相关的企业开发可验证考生身份的设备。

C） 为某家律师事务所做宣传，即使服务昂贵也不要紧。顺道说着好玩。

D） 为可能无缘无故地被描述为“一帮骗子”的一代人的经历辩护。顺道说着好玩。

E） 抚平过去的创伤。

74. 在你看来，以下哪句塞戈维亚老师的话是正确的？

A） 你们不是被教育了，是被驯化了。

B） 你们不是被教育了，是被驯化了。

C） 你们不是被教育了，是被驯化了。

D） 你们不是被教育了，是被驯化了。

E） 你们不是被教育了，是被驯化了。

第二篇

我想，我结婚那天，我们还是挺幸福的。其实我很想不通，因为我难以接受：在那段如此艰难的日子里，还有什么幸福可言。我说的是二〇〇〇年九月，那是十四年前，很久了：整整一百六十八个月，五千多天呢。

婚庆聚会还是挺让人难忘的，可不是嘛，尤其是当我们在公寓搞完那乏味而恼人的仪式之后。头天晚上我们做了大扫除，可我认定亲友们还是会评头论足的，毕竟那些个破烂的沙发、墙上和地毯上的红酒渍可不像是举办婚礼的理想场所该出现的东西。

至于新娘嘛，当然咯，我是记得她名字的，虽然我也觉得总有一天我会忘掉——瞧瞧，总有一天，我会连她的名字都不记得！她看上去美极了，可我的父母搞不懂她干吗要穿黑色礼服。我自己穿的是灰色套装，光鲜但是陈旧，以至于新娘的一位叔叔说我比起新郎，倒更像个推销员。这评论有点儿阶级歧视的味道，愚蠢得很，可的确中肯，因为那恰好是我当推销员时穿的衣服。到现在，我看到它先想起的都不是婚礼，而是那段漫长的日子，我在市中心走啊走啊，要不就是在某个银行排着队，头发短得丢人，衬衣上系着永远都皱巴巴的蓝色领结。

所幸，民政局的人很快就走了。几杯香槟和少量鸡尾酒下肚后——真不好意思，我记得薯条都有些发绿了——我们慢悠悠吃了午饭，甚至还有时间小睡一会儿，再换好衣服，朋友们也陆续到来。他们没有送礼物，而是应我所求，都带了好多酒。酒水五花八门，我们很快认定我们没本事喝光它们，由于大伙儿都喝高了，这事儿对我们来说就伤脑筋啦，我们讨论了好长时间呐，不过（由于大伙儿都喝高了嘛），可能也没多久。

酒哥法拉带来了一个二十五升的空桶——真不知道他家怎么会有这玩意儿！我们开始一股脑儿往里倒酒，还边喝边嚷嚷。这事儿真是胡来，可那方子——我们管那一大桶就叫这个，这词儿听着挺逗——相当美味！回想当时对我来说实在是艰难，我真恨不得回到二〇〇〇年，这样就能记录下组成这道意外美味饮品的准确配方。我真想知道，我们往里倒了几瓶或几箱红葡萄酒和白葡萄酒，而皮斯科酒、伏特加、威士忌、龙舌兰、杜松子酒的剂量又分别如何，天知道了！我也记得，那举世无双的大桶里还有金巴利酒、茴香酒、薄荷酒和黄金酒，有几勺子冰激凌，甚至还有速溶果汁粉。

接下来我能记起的就是我们躺在客厅醒了过来——不只是我和新娘，而是一大群人，还有些人我根本不认识！也不知道他们是走错了场子还是新娘的远房表亲。我到那晚才知道，新娘的远房表亲真是数量惊人！那会儿大概是早上十点，我们话都说不利索，而我想试试姐姐送的那台超级时尚的咖啡机，于是煮了十几升咖啡。没多久，大伙儿就伸起了懒腰。我进到主卫生间——次卫已经被吐了个遍地开花——看到朋友玛黛睡在浴缸里，尽管看上去还睡得挺惬意，可那姿势真是别扭，右脸贴在瓷砖上，仿佛那是个妙不可言的羽毛枕。我叫醒了她，给她递了杯咖啡，但她宁可喝啤酒，说这样跟宿醉更配。

接下来，大概是午后一点，酒哥法拉打开了相机。相机本是带来录聚会视频的，可他这会儿才想起。我躺在角落，喝着我的第十一杯咖啡，新娘在我胸脯上打着盹。“伙计，请问你感受如何呢？”酒哥法拉努力模仿着八卦记者的腔调采访我。

“结婚的感受？”我问。

“非也！是在一个没有离婚法规的国家结婚的感受。”

我跟他说别扯淡，可他坚持要问，说他关注这个是天经地义的事。我懒得看他，可他还在录。

“这么大肆庆祝图啥？”他不识趣地说，“倘是过上个几年你们还是要分，你会亲自给我打电话，要死不活地来我办公室，让我给你废除婚约。”

“才不会！”我很不爽。

新娘揉着她那大得离奇的绿眼睛，抚摸着我的头发，笑着看了酒哥法拉一眼，像是沉思已久，轻快地说，但凡智利还不出台离婚法案，我们就决不分手。然后我看着镜头，以挑衅的态度补了一句：“哪怕我们互相恨得咬牙切齿，我们也不分手，以示抗议！”新娘抱过我，跟我拥吻起来，她说我俩希望名垂智利史册，做智利第一对离婚的夫妇。“有这法规棒极了，不然所有人都恨不得现在就离。”我补充道。新娘则看着镜头，带着一如即往的出镜笑容支持我说：“对，这是值得推崇的法律！”

“智利是全世界仅有的几个不让离婚的国家。”有人说。

“是唯一一个！”有人纠正。

“还有好几个呢！”第三个人说。

“在智利嘛，”酒哥法拉接过话茬，“这法律永远都通不过的，这都讨论多少年了，更别提那没人性的天主教会也反对，已经到了威胁要把投赞成票的右派议员开除教籍的地步啦！天下人会继续笑话我们的！”

然后又有人说，离婚法也没啥好急的，于是我们这懒洋洋的对话瞬间变成了集体大讨论。就像往另一个空桶里倒东西似的，这回几乎所有人都七嘴八舌地贡献了自己的抱怨或是心愿：急的是让皮诺切特赶紧受审判、进监狱、死翘翘；急的是找到那些被迫害的死者的尸体；急的是教育。

“真正十万火急的，”有人抓住空隙说，“是在学校教马普切语！”

有人问难不成你是马普切人，他答道：“算是吧。”

“还是身体健康重要。”又有人插话了。（奇了怪了，怎么没人借机提议为健康干一杯呢！）接下来又是下一个、下下个：

“重要的是打倒资本主义！”

“打赢解放者杯！”

“去他妈的主业会！[①]”

“搞死伊万·莫莱拉[②]！”

“打击犯罪也很重要！”新娘的一个远房表亲补充道，吸引了大伙儿的注意力，可随即他又声明这只是随便说说。

“我们生在一个等待中的国度。”诗人发话了。那场聚会来了好几个诗人呢，可只有这个让我觉得名副其实，因为他讲话才像个诗人，准确点说，是带着醉酒诗人的腔调、醉酒智利诗人的腔调、醉酒智利年轻诗人的腔调：“我们出生在一个等待中的国度，若有所盼，智利是一个宽广的等待厅堂，我们拿着号码牌走向死亡。”

“什么号码牌？”有人问。

“就是等候大厅里发给你的那种号码牌呗！蠢货！”大伙儿应道。

一阵寂静。我抓紧这时机闭上双眼，又立即睁开：感觉天旋地转。

“他娘的，你讲得真好！”玛黛对诗人说，“太赞啦！可唯一的问题是：你那玩意儿太小啦！”

“你怎么知道？”诗人反问。

玛黛坦白说她在浴缸里藏了好几个钟头，打量着来撒尿的男人们的阴茎。诗人声音不大，但带着颇有科学意味的说服力，说尿尿时阴茎的大小跟勃起时的尺寸没有关系。大伙儿纷纷表示赞同。

---

① 即圣十字架及主业社团，是一个隶属天主教会的自治性社团。

② 伊万·亚历杭德罗·莫莱拉·巴洛斯（1956—　），智利政治家。

“那，你就勃起给我瞧瞧！”玛黛扑了过去。

“不行，”诗人回答，“我喝太多，硬不起来。你要是不介意也可以给我来上几口，不过我确定它硬不了的。”二人是去了卫生间还是去了诗人家里，我也记不清了。

“抱歉啊！”过了一阵，离开前，我猜酒哥法拉有些后悔了。他关了相机，跟我们说：“我并不想你们分手，但万一不得不分，你俩都知道的，有我呢！我免费给你们办。”我也不知道我们是不是笑了笑，可能是吧，但想必也是苦涩的笑。客人们一个接一个告辞，都走光时，已经是晚上了。我俩瘫在床上，搂抱着一连睡了十二个钟头。我们总是相拥而眠。我们是相爱的，当然了。我们是相爱的。

两年后，正如酒哥法拉所预言，我们去了他办公室找他。国会的离婚法案依然遥遥无期，据说通过法案指日可待，可酒哥法拉告诉我们，不管从哪个角度看，都没必要去等，他甚至认为，一旦法案通过，离婚会比废除婚约更费钱。他跟我们解释了办理过程。当时我们已经知道废除婚约的判决过程相当荒唐，可听他说了细节后，我们还觉得这过程也很不道德。我们需要声明我们夫妻双方都不再居住在婚约上填写的住址，这就得找证人来证明我们的话。

“也是够蠢的哦！”那天下午，在奥古斯丁纳斯大街上的一间咖啡馆，我对新娘说，“法官听着别人撒谎，还要装作不知道那是在撒谎，真够无聊、无耻！”

“智利也是够蠢的哦！”她说。我想，那是最后一次我俩对某事看法完全一致。我们并不想废除婚约，可从某种意义上来说，这样才公平。如今我想，我俩故事的最好总结恐怕就是：我渐渐废除了她，她渐渐废除了我，最后我俩彻底消失。

二〇〇四年五月，智利成为世界上倒数第二个可以合法离婚的国家，可我和新娘早在几个月前就废除了婚约。玛黛和诗人已经出双入对，本来要给我们做证人的，可到最后关头诗人放了我鸽子，我只好另找了个女人，几年后，还跟她结了婚。在这儿我就不讲这一段了，只想说跟她在一起，一切都大不相同。跟她在一起，凡事都有始有终。跟她在一起，我和她就都可以离婚了。

练习

75. 这篇文章的基调是：

A） 忧伤的

B） 幽默的

C） 戏谑的

D） 嘲讽的

E） 怀旧的

76. 本文最糟糕的题目是哪个？——就是那种大多数作家出于吸引观众眼球的悲哀目的而最可能去起的题目。

A） 五千零一夜

B） 两年孤独

C） 十四年孤独

D） 两个婚礼和零个葬礼

E） 离婚的迷宫

77. 根据你的理解，本文的受害者和肇事者分别是谁？

A） 新娘 / 新郎

B） 诗人 / 玛黛

C） 智利 / 智利

D） 肝脏 / 方子

E） 蒸馏酒 / 非蒸馏酒

78. 根据本文，二十一世纪初的智利：

A） 观念保守，经济自由。

B） 喝酒豪放，余事保守。

C） 喜剧有新意，悲剧很呆板。

D） 天主之事很积极，魔法巫术靠夫妇。

E） 错了耗神，快了不稳。

79. 叙述者没有提起新娘的名字是因为：

A） 想保护她。何况，他也知道自己没权利去说。归根结底，这种对提到名字的恐惧在九十年代是很普遍的。

B） 担心遭报应，想要保护这个女人的身份信息。

C） 他说将来甚至可能会忘了这女人的名字，其实说不定当时已经忘了。也可能是还爱着她：余生只盼长相忘，垂绝不舍复相忆。①

D） 这男人愚蠢无知、狂妄自大、厌恶女性、自以为是。

E） 披着人皮的狼哟！说的就是你！

---

① 原文在此借用了智利诗人尼卡诺·帕拉在其诗作《这就是遗忘》中的一句话，字面意思为：我发誓要忘了她，却恐怕在临死时还会念叨着（她的名字）玛丽娅。

80. 根据本文，智利早先没有通过离婚的法规是因为：

A） 天主教会势力强大，甚至考虑过要以开除教籍来威胁那些支持通过这个法律的议员。

B） 在健康、教育和司法领域还有更重要的事情。

C） 首要任务是无限期推迟任何可能危及国家稳定的任何性质的任何改革。

D） 首要任务是无限期推迟任何可能危及各大公司利益、或使犯下独裁罪行的人——当然了，包括皮诺切特在内——受到惩罚的任何改革。在此背景下，离婚法律几乎只是个道德层面的问题，连右派的领袖们——好些个也是废除了婚约然后又再婚的——也很清楚，智利没有离婚法律是挺丢人现眼的，可这事儿拖了太久，他们不得不找出点儿别的事情来转移民众对于激进的司法和改革的怨气。

E） 有更好的方式，也就是废除婚约制度，因为一旦分开，人们会宁可相信自己从来没结过婚，宁可自己希望与之共度人生的那个人从未出现。废除婚约是抹去无法更改的过去的最好办法。

81. 下面哪句名言能最好地体现本文的含义？

A）“结婚是导致离婚的主要原因。”——格劳乔·马克斯①

B）“爱情开启无限可能，婚姻结束一切可能。”——维克多·雨果

C）“第二次走进婚姻意味着希望战胜了经验。”——塞缪尔·约翰逊②

D）“教会无法消除爱情，但指望着好歹能腐蚀爱情，于是创造了婚姻。”——夏尔·波德莱尔

E）“婚姻是唯一对懦夫开放的探险。”——伏尔泰

82. 毫无疑问，本文的结尾是：

I. 悲伤的

II. 沉重的

III. 讽刺的

IV. 突兀的

V. 失德的

VI. 现实的

VII. 搞笑的

VIII. 荒谬的

IX. 失实的

---

① 格劳乔·马克斯（1890—1977），美国喜剧演员、电影明星。

② 塞缪尔·约翰逊（1709—1784），英国文人，集文评家、诗人、散文家、传记家于一身。

X. 合法的

XI. 糟糕的

XII. 也算圆满吧

A） I、II 和 IV

B） X

C） 全部

D） VIII 和 XI

E） XII

第三篇

亲爱的儿子，你别理会我说的话，别理会我。我期盼，在你的记忆中，时间可以冲淡我所有的吼叫、脱口而出的训斥和愚蠢的嘲笑。我期盼时间可以抹去几乎我所有的言辞，只留下安静的、炽热的爱的呢喃。我期盼你很快能发明出一种遥控器，可以降低我的音量、让我暂停、跳过所有不快的场景，又或者是快退到那些幸福的日子；在任何你乐意的时刻，让你可以经历我行我素的自由，经历摆脱掉我而自行规划人生的巨大快意；甚至能让你——打个比方说，只要你乐意——把我清除掉。我不是说清除这些文字，它们本身只如同流水般匆匆而过，我说的是把我整个人给清除掉，让我就像从未存在过一样。

我也知道，这是不可能的事。

恐怕，这就是人生：清除和被清除。当时我们差点儿就要除掉你，这你可能已经知道或者料到了。我们还不想要孩子。事实上，那时我们自己都还是孩子。我们太幼稚了，为人父母的责任感对我们来说遥不可及。此外，我们也早就知道，我们终究是会分开的。于我们而言，爱情只是一个意外、一次事故、一场实践；往好了说，也只是一项高风险的活动。

在得知怀上你之前不久，我和你母亲已经想到了分手。可能你听了也惊讶，我们争吵的原因竟然是要不要养狗。一开始你母亲想养，可我觉得责任过于重大，然后又是我想养，她则推托说我们的关系还不稳定，要养狗的话我们应当先巩固关系。其实内心深处我们都认同的是：我们没能力照顾好它，缺乏必要的耐心和自律来每天遛它、让它不饿肚子、每月给它驱虫。

我们认为自己太年轻，没法照顾一只狗，可事实上，我们并不年轻，当时我二十四岁，你母亲也一样。我父亲在这个年龄已经有了两个孩子，小的四岁，就是我。可对于我们这一代人——我知道你讨厌这个说法——生孩子是到三十岁或三十五岁才考虑的事，这还是在我们愿意考虑的前提下。可不管怎么说——不知道这能不能多少让你觉得安慰——当我们得知你母亲怀孕后，从未考虑过堕胎。这么说吧，我们倒也想过，打听过几家地下诊所的价格，甚至还去过其中一家，但我们不是认真的。说我们后悔了也并不确切，因为，如我所说，那只是脑子一热的想法，并不占据主导地位。

你出生那天是我人生中最幸福的日子，可我当时太紧张了，到现在都不知道用“幸福”是不是能最准确地描述我在那个清晨的感受。我想，我有义务告诉你，哪怕一直以来我如此纯粹地爱着你，哪怕你让我的人生如此欢腾，想必也包括你母亲的人生——我已经十年没见过她了，可我确定，对她来说也一样，你一直是快乐的源泉——尽管如此，我还是要说，在你迄今为止十八年的人生中，我都不停问自己：如果你没有来到世上，我的生活会是怎样。

这个问题压得我喘不过气，把我引向最闭塞的晦夜、最彻底的黑暗，可有时也会慢慢引出一丝希望，如同在密林中找到一片空地。这些幻想都很常见，可难得的是为人父母者直言不讳把它们说出来。这些年来，我千百次想过：比方说，如果你没有出生，我就不需要那么多钱，我也可以一连几周放任自我、不管不顾。我的青春或许也能延长几年吧，我甚至也有可能自杀了。我想说的是：你的出生最大的后果就是，从那时起，我不能自杀了。有时候，当我的有些个没孩子的朋友跟我抱怨，说那些时不时被扒拉出来的小小创伤让他们感到无尽的绝望和苦闷时，我都没有说出我的真实想法：那你怎么不干脆去死?!

我不知道如果没有你，我的人生是否还有意义。我想，除了陪伴你，我的人生不再有别的意义。

一切都可以清除。人生无非这样认识人：先爱上、再清除。可孩子是不能清除的，父母也是不能清除的。我知道，你曾试图让我消失，可你做不到。我知道，我的存在于你而言是多余的，包括我缺席的存在。哪怕是我不在、我一连几周见不到你——比如我不在智利的那年，我还是多余的，因为我虽然人不在，可我留下的空缺还在。所以，我想我还应该告诉你：我也曾试图让你消失——所有的父母都会幻想这样无拘无束、青春永驻的人生，幻想一次次不假思索的大胆行动。这是对先前常说的那句话的扭曲，试图以此为这话增添一丝哲学味道：干吗要把孩子带到这个 × 蛋的世上来呢？

可我们的父母辈不会这么想。他们生来就相信爱，早早就成了家，过得并不幸福，却也比我们差不了多少。他们含辛茹苦，甚至从不试图将工作建立在一定的快乐之上。正因为如此，他们经受的折磨也更加深刻而具体。此外，他们还信仰上帝，还让我们也信仰上帝。于是，我们有饭吃、有活儿干、在深夜难以入眠：一切都是因为上帝注视着我们。

可我们很快忘掉了上帝，让它沦为我们童年各种故事中的又一个普通角色。我们不想跟我们的父母一样，顶多，我们也就愿意养只猫猫狗狗，或者乌龟，甚至养养鹦鹉，不过我一直对于想养鹦鹉这种烦人的愿望感到费解。我们希望成为没有子女的子女，这是永远保留子女身份的最好办法，也是我们永远都能将一切怪罪于父母的最好办法。你出生时，我们看到的是一个如此有生气的小家伙，同时也看到了一种借口、一个完美的推脱理由、一条神妙的咒语：我有孩子。在你出生的头几年，不管是要求加薪、推辞不必要的应酬、戒烟戒酒抑或是狂吸狂喝，我都感到前所未有的底气十足，因为在我们的语言中，“我有孩子”几乎明确意味着“我有包袱”。不得不说，我精通如何向这句话注入各种引诱的色彩：有时候，“我有孩子”意味着“我是个正经男人、我经历过、我负了责、我有过去，所以呢，你跟我睡吧！”第二天早上，如果我不想留下或者不想那些女人留下吃早餐，同样的：“抱歉，我要走了，你该走了，我有孩子。”

除了这些你母亲无论如何也想给你看看的录像，我知道，你没有任何我们三人一起生活的记忆。七岁的时候，你跟我说你有些同学是跟父母共同生活的，说你觉得这很没劲，因为他们只有一个家。当时我笑了，我只想从字面上理解这话，可现在我懂了，那话里有伤痛，恐怕也有无意识的指责。可到了最后，几乎你所有的同学都成了单亲家庭的孩子。我却觉得，这道将父母们分隔开来的鸿沟，比分隔子女与父母的鸿沟更加深不可测，更加难以填补。

我从未跟你讲过我和你母亲分开的原因，今天我来跟你说说吧。我们是因为“小宇宙”分开的。是的，小宇宙。这真是个悲伤的故事。无论如何，你得知道，我们本来就是要分手的，我们已经熬了好些年来找理由，当然了，如果你没有出生，我们老早就已经分开了。那天下午，我对你大发雷霆，但我自己其实并不理直气壮。你当时三岁，已经相当有主见，看到角落的垃圾箱里那只被遗弃的小狗时，你把它抱起来，继续朝前走。我跟你说我们没法养它，可你完全听不进去。我印象很深的是你压根儿没哭，从头到尾就没哭过。你明明是个好哭鬼，可那天你居然没哭！这一点从某种方式上让我意识到了你的存在，意识到我已经不能欺哄你了。你抚摸着小狗，叫它“小宇宙”。在回家路上，我屈服了——除了“屈服”，我找不出别的词描述。走在路上，我明白我们之间开始了一场我将会屡屡失败的斗争，而此时此刻的这些话，让我彻底输掉了这场斗争。

我打开门，彼时已经做好了尊重你决定的准备，一开始你母亲也是同意的，可那天晚上，几个小时虚假的平静后，我们的相互指责愈加激烈，直到你母亲说出：“我们已经有一个了！”我质问她怎么可以把你置于跟宠物相等的地位，她沉默了，我想我大概是感受到了胜利的虚荣，可随后，当我们争论了一大堆我已不记得的事情之后，当我们已经接受养下小宇宙之后，是我说出了那句言辞和含义都一模一样的话：“我们已经有一个了！”

我跟你母亲都从不谈论你。我们说到你时，也只是希望通过你来互相伤害。我们争着比谁更爱你。好多年来，我们都一致认为，我们无法沟通。那晚我离家出走了，后来你母亲带着小宇宙来了我的公寓，这倒是有不错的结果，因为跟所有孩子一样，有些个周末，你并不想跟你的父亲一起度过，然而你的母亲会提醒你还得照顾小宇宙。你不是来看我的，你是来看小宇宙的。

有时我想，我跟你母亲该一起来请求你的原谅，或是喝下死藤水，再来请求你的原谅。不过最好还是有人干脆发明出那样的遥控器，让你可以快进或者快退，可以暂停，可以清除我们赋予你的生活中的部分场景。你无法清除我们，但或许总有一些可以清除的人：你那些来来去去的后妈，相当一部分后爹，还有你的老师们；让你可以清除糟糕的一切，清除所有对你造成过伤害的人；让你操纵、修改和冻结那些我们伤害了你、你却无法清除的影像；让你能慢速、正常或快速观看我们；让你不再见到我们，可又能知道我们一直在这里，一次又一次地延长这无聊的人生电影。

练习

83. 对养孩子和养宠物的比较旨在表明：

I. 一代人的矛盾心态，他们借口对世界悲观，宁可养宠物也不养孩子。

II. 立法明确宠物饲养的责任的重要性。

III. 立法明确养育孩子的责任的重要性。

A） I 和 III

B） I 和 II

C） 只有 I

D） 只有 II

E） 只有 III

84. 本文凑合着能用的题目是：

A） 我这一代人（谁人乐队）①。

B） 他妈的一代人（囚徒乐队）。

C） 秃狗（北方老虎组合）。

D） 父与子（优素福·伊斯拉姆的歌，有几句是这样唱的：瞧瞧我哟 / 都老咯 / 可我很快活②。可给人的印象是这位父亲并不快活，事实上这是整首歌最伤感的部分）。

E） 一位父亲对他数月大的儿子的独白（恩里克·里

①② 原文为英文。

恩[①]。其实从本文可以看出孩子已经十八岁，不过也就是二百一十六个月的意思嘛）。

85. 本文提到死藤水是为了：

A） 给叙述增加一丝民族风。

B） 没什么具体原因。作者随便写的。

C） 影射吸食毒品。

D） 对可能已经吸食过大麻、可卡因和/或霹雳可卡因的青年表示同情，也由此展开讨论：是应该按照生理机能顺其自然地生活，还是借助于化学药品的快捷；在这样的十字路口，本文谨慎建议选用死藤水，这是通往自我认知之路的大门。

E） 在精神病学领域宣扬死藤水的妙用，尤其是其用于抑郁症、焦虑症和精神分裂症的治疗。不能排除本文作者患有上述一种或多种疾病的可能。

86. 你觉得自己像下列哪个人物？

A） 谁都不像。

B） 显然是像儿子咯。

C） 像父亲。

D） 像父亲的父母和儿子的母亲，但也有点像父亲和儿子，还有点像狗狗小宇宙呢。

---

① 恩里克·里恩·卡拉斯科（1929—1988），智利诗人、戏剧家、小说家。

E） 像母亲，因为那个年龄我也怀孕过，不过我做了流产。我无数次忏悔，一想起这事就郁闷，好在读了这篇文章之后我觉得那也不算个太糟糕的决定。

87. 以下哪个选项最符合父亲的人物设定？

A） 一个坦诚、勇敢的男人，或许在犯下那么多错误后，懂得了应当完全坦诚。他试图告诉儿子所有的真相，可真相偏偏那么难以启齿。

B） 一个弥留之际的可怜男人。

C） 一个敏感的男人，愿意为儿子奉献一切，可只是个心理失衡的小人物。看得出他在努力，不过说不清在努力什么，反正就是很努力。

D） 一个失去意识的老人，担心他的儿子，可已经词不达意。看上去像是为自己对儿子的教育感到后悔、以为给儿子寄封信就能万事大吉了。

E） 一个疯疯癫癫、充满表现欲的家伙。打着请求原谅的旗号，跨过了父子之间应有的界线。不知道他是否故意如此残忍，但能确定的是：这没必要。

88. 根据你的理解，本文最适合放置于邮箱的哪个文件夹？

A） 已发送

B） 草稿箱

C） 收件箱

D） 垃圾箱

E） 未发送

89. 读了这篇文章，你宁可：

A） 没读过。

B） 不生孩子。

C） 生一大群孩子。

D） 没爹。

E） 养只鹦鹉。

90. 如果你是本文的收件人，你的反应会是：

A） 我也说不清。边读这篇文章我就边在想啊，这当爸的跟我家那个简直一模一样。要是我那老家伙给我写些这样的东西，我会同情他，这是我时不时、甚至是特别频繁的感受。这同情里可能也掺杂了些别的扯不清的感情，倒是该好好分析，最好来个精神治疗，不过可得找个好医生，得比我去年见的那个小丑样的破医生好些才行。我跟那人说我绝望，他就建议我哭，我跟他说我哭了，一绝望就哭，他又让我别担心。最后一次诊疗时他建议我面对生活要“乐观”。

B） 我会拥抱他，感谢他的真诚。我要借这个时机告诉他，上周，我和玛斯去了一家地下诊所，我们紧张得要死，好在一切顺利。能对他坦白一切一定超棒：我们做人流的钱是卖了妈妈的几条项链，还有那台大电视机、榨汁机和微波炉得来的，为这个我还得装成家里被盗了，有那么一阵我真是怕得要死啊，因为条子都来啦，我觉得他们会看出来是假的。我还会跟他说，余下的钱是我们在曼努埃尔·蒙特的一家旧书店卖了他的智利诗歌初版得来的，所以他不用再找那些书了。

C） 真希望我父亲还活着啊！如果他还活着，恐怕也会跟我说这些，我该有多高兴啊。我会想：这蠢货嘿，好在还活着！其实我的父亲并不蠢，也从来不会跟我说这些，不会给我写这样的信。另外，借这个机会，我想说下猫猫狗狗的事：父母都希望孩子们像狗，可孩子们总是像猫。父母希望驯服孩子，可孩子们跟猫一样，是不可驯服的。

D） 我不知道会有啥反应。啥样的父亲会给儿子说这些呢？我干脆揍他一顿，干脆揪住他给他一通老拳得了！除了攻击自己的儿子，他就没别的法子发泄自己的挫败感吗？就真有必要去跟儿子说，说爹妈本来不想要他？我觉得我爹妈本来也不想要我，但我宁可不知道这些。我们做子女的干吗要知道那么多父母的事儿？为什么当爹当妈的就从来不知道管好自己的嘴咧？

E） 我会送给父亲一只鹦鹉，但在送之前我会教鹦鹉说：老混蛋！老混蛋！老混蛋！

	A	B	C	D	E
1	○	○	○	○	○
2	○	○	○	○	○
3	○	○	○	○	○
4	○	○	○	○	○
5	○	○	○	○	○
6	○	○	○	○	○
7	○	○	○	○	○
8	○	○	○	○	○
9	○	○	○	○	○
10	○	○	○	○	○
11	○	○	○	○	○
12	○	○	○	○	○
13	○	○	○	○	○
14	○	○	○	○	○
15	○	○	○	○	○
16	○	○	○	○	○
17	○	○	○	○	○
18	○	○	○	○	○
19	○	○	○	○	○
20	○	○	○	○	○
21	○	○	○	○	○
22	○	○	○	○	○
23	○	○	○	○	○
24	○	○	○	○	○
25	○	○	○	○	○
26	○	○	○	○	○
27	○	○	○	○	○
28	○	○	○	○	○
29	○	○	○	○	○
30	○	○	○	○	○
31	○	○	○	○	○
32	○	○	○	○	○
33	○	○	○	○	○
34	○	○	○	○	○
35	○	○	○	○	○
36	○	○	○	○	○
37	○	○	○	○	○
38	○	○	○	○	○
39	○	○	○	○	○
40	○	○	○	○	○
41	○	○	○	○	○
42	○	○	○	○	○
43	○	○	○	○	○
44	○	○	○	○	○
45	○	○	○	○	○
46	○	○	○	○	○
47	○	○	○	○	○
48	○	○	○	○	○
49	○	○	○	○	○
50	○	○	○	○	○
51	○	○	○	○	○
52	○	○	○	○	○
53	○	○	○	○	○
54	○	○	○	○	○
55	○	○	○	○	○
56	○	○	○	○	○
57	○	○	○	○	○
58	○	○	○	○	○
59	○	○	○	○	○
60	○	○	○	○	○
61	○	○	○	○	○
62	○	○	○	○	○
63	○	○	○	○	○
64	○	○	○	○	○
65	○	○	○	○	○
66	○	○	○	○	○
67	○	○	○	○	○
68	○	○	○	○	○
69	○	○	○	○	○
70	○	○	○	○	○
71	○	○	○	○	○
72	○	○	○	○	○
73	○	○	○	○	○
74	○	○	○	○	○
75	○	○	○	○	○
76	○	○	○	○	○
77	○	○	○	○	○
78	○	○	○	○	○
79	○	○	○	○	○
80	○	○	○	○	○
81	○	○	○	○	○
82	○	○	○	○	○
83	○	○	○	○	○
84	○	○	○	○	○
85	○	○	○	○	○
86	○	○	○	○	○
87	○	○	○	○	○
88	○	○	○	○	○
89	○	○	○	○	○
90	○	○	○	○	○